再び蘇った手足よ、ありがとう

中村絹子
Nakamura Kinuko

目次

装幀　２ＤＡＹ

再び蘇った手足よ、　ありがとう

はじめに――脳出血の後遺症

平成十九年に脳出血で倒れ、左片麻痺の後遺症が残った。

平成二十一年、装具をつけての歩行訓練等のリハビリは辛く、苦しく、何度も挫折しそうになりながらも頑張り続けた。その結果、装具なしでも歩ける程回復した。私を見守り続けて下さった主治医から手記を書いてみないかと勧められた。この病気が、いかに苦しく絶望的であるかは、経験した者にしか分からない。この病気に苦しむ人たちに少しでも希望を与える事が出来ればと手記を書くことを決意した。

しかし、片手でペンを取り文字を書くには自信がない。米国にいる娘とスカイプをする時に使用するだけで遊んでいるパソコンがあったが、使い方が全く分からない。デイサービスの職員さんたちに協力して頂きながら文章を作成した。

【注】片麻痺は、運動にかかわる神経が妨げられて片方の手足に麻痺が起こる状態（損傷を受けた脳とは左右逆側の手足に麻痺が起こる）。

突然の脳出血―医師からの宣告

平成十九年十二月十三日の夕方、友だちと二階で雑談をしていた。話も終わり、立ち上がろうとして畳に手をついた瞬間、左手が麻痺し、その場に倒れた。休日で、リビングでくつろいでいた主人に助けを求めた。すぐに駆け上がり抱き起こしてくれたが、その時左足にも麻痺があり、その場に座り込んだ。すぐに救急車を呼び、病院に搬送された。主人が家にいてくれたお蔭で早く病院に行く事が出来た。

医師から家族に視床出血で後遺症が残り、寝たきりで失語症になると言われた。生死を彷徨いながら意識が戻った時、左半身が麻痺で動かず愕然とした。付き添っていた娘から「お母さん、まだ右手が動くじゃないの。血管が切れて亡くなる人もいるのよ。元気をだしんさい。あれほど血圧が高かったので薬を飲むようにと言ったのに飲まんからよ。」と言われた。

後で、素直に聞いていれば良かったと後悔したが、手足が動かないショックで誰にも会いたくない気分で布団を被って泣いていた。

倒れて二週間目。お正月に外泊の許可が出て娘が自宅に連れて帰ってくれた。いつも通りのお正月が迎えられたが、左手足が不自由な事もあり、情けなくショックで塞ぎ込んでいた。


一月二十四日にリハビリを受けるために「西広島リハビリテーション病院（西リハ）」に転院した。

麻痺が酷かったので暫くは車椅子での移動、そして装具をつけての歩行訓練が始まった。病室は、明るい四人部屋で窓際だ。部屋の人ともすぐに打ち解けて楽しくリハビリを頑張る事が出来た。

今も彼らとは春と秋の二回食事会をしながら思い出話に花が咲き、一年間のリハビリの成果を話し合うなど交流を続けている。

再びの不幸―夫が胃がんに

悪い事は重なるもので、リハビリを頑張っている最中に主人から連絡があり、「胃が悪いので検査したら癌が見つかった。入院してすぐに手術を受ける。」と元気のない声が電話の向こうから聞こえた。私も片麻痺で障害があるのに主人までが……。頭の中が真っ白でどうしていいか分からない……。もしかして死んでしまうのではと余計な事が頭をよぎって目の前が真っ暗になった。

「私はなぜ死ななかったのだろうか。こんな体で生きていても仕方がないのに。」という思いが頭から離れなくて、夜になると涙が出て眠れなかった。

十日間くらいベッドの中で泣いていたが、病室の人やリハビリの先生に助けられて自立していこうと思うようになった。麻痺という障害を受け入れなくてはならないと思いながらも口では言い表せない心の葛藤があった。

〝元気になりたい一心〟でリハビリを一生懸命頑張った。三か月の訓練を終え、杖をつき歩いて退院が出来た。お世話になった西リハの先生や職員さんに感謝した。

主人も長女夫婦に付き添ってもらい無事手術を終えた。思ったより状態が悪く胃を全摘した。先生から「リンパに飛んでいたので見えるところを取りましたが他のリンパに飛んでいる可能性もあります。」と家族に説明があった。

私はその時、「私の介護は主人にはさせられない。元気になって自立していこう。障害があっても何とかなるだろう。元気に生きていこう。」と思った。主人は数週間休んで仕事に復帰した。

出来ることは工夫して自分で行う

不安は沢山あるけど後ろを振り返っていては心が辛い。物事をプラスに考える様にして頑張った。

主人は私を障害者と思っていないらしく、家事は殆ど手伝ってくれない。主人も術後だから自分の事で精一杯だろう。私は主人に何もしてあげられない事が申し訳なく普通の生活を取り戻すためにも出来る所から少しずつ実行した。

朝は味噌汁を作るが、片手で作るのだからいつもの倍時間がかかる。そのため早朝三時半に起きて作る。六時に主人を送り出して洗濯をする。掃除は掃除機の吸い口を杖代わりにして各部屋を行う。絨毯の掃除は吸い口について持ち上がるので難しい。拭き掃除はフローリングワイパーを使うが、掃除機より綺麗になるので楽だ。

二階の掃除も時々している。洗濯物は廊下に二段のタコ足を広げて麻痺のある左手も使いながら干している。特にハンガーと洗濯バサミを使うのが難しい。カッターシャツは膝の上に置いて片方の袖にハンガーを通し、麻痺側の脇でハンガーを押さえてもう片方の袖に通して干す。靴下を干すのは難しく何度も失敗したが、右手の手のひらに靴下を置き小指と薬指で押さえ上に押し上げて、人差し指と親指で洗濯バサミを開き、靴下を挟んで干す。

料理はリハビリ

掃除、洗濯が済むと夕食の献立を考える。時間がかかるものから準備する。食材は主人が一週間分を買って冷蔵庫に保存している。材料を見て献立を考える。物事を考える度に頭が痛くてとても辛く憂鬱になるが、夜は良く眠れるのでさほど気にはしない。

キッチンに立っている時間が長いせいか、麻痺した足に力がはいるようになった。日常生活を普通に送ることがリハビリになっているのかもしれない。

何度もお箸を落としては、足に力を入れて拾う訓練をした。かがんだ時にバランスが取れるようになった。料理はまな板に釘を三本打って、野菜が動かないように固定して切るとどんな野菜でも綺麗に切れる。この使いかたは西リハで習った。いまでも右手でどんな料理でも出来るのですごく重宝している。ごぼうの皮は、アルミホイルを丸めてこすると、皮がきれいに剥ける。さといもはフキンの上に置きお腹で押さえて、片手で包丁を滑らせながら皮を剥く。さらしネギは小さな剣山をつかっている。なんでも工夫しながら使うと良い。

最近はレパートリも増え、料理を作るのが楽しく、色々なレシピを考えながら作っている。特に健康面にも気を遣っている。血圧が高いので殆ど醬油は使わず薄味にして、野菜のうまみを調える。肉より魚料理が多い。ジュースもできるだけ野菜や果物を使って飲用している。

健康管理は夫婦でお互いに気をつけているが、酒好きな主人は胃がないのに食欲旺盛で、食べた物が下腹に溜まってお腹が出ている。体重が十キロも増え医師もビックリしていた。私はりんごが好きなので、りんごの皮を剥く時は、おわんに濡らしたフキンを敷き右手で果物ナイフをもって、りんごを回しながら剥くと上手に皮が剥ける。後は食べやすく適当に切る。最初は失敗の連続だった。

友だちにりんごの皮の剥き方を話すと、同じ障害の人が片手でりんごが剥けるようになったと聞き嬉しく思ったと言ってくれた。

以前、利用していた通所リハビリテーション（デイケア）のＰＴ（理学療法士）さんから「同じ障害で料理が出来なくて鬱になっておられる人に料理を教えて頂きたいのですが。」と電話があった。早速お会いしてみると、五十歳くらいの人で、倒れた後、一度も料理をした事も無く、どのようにしたらいいのか分からないと泣いて言われた。

私は、まな板や材料を準備して、野菜の切り方から教えて一番作りやすい野菜炒め、焼きそば、煮しめ、スパゲッティー、ギョーザ等を一緒に作った。大変喜ばれて今では自信を持って料理を作っておられるとの事だ。

障害にとらわれず今までの様に台所に立って、一番楽な野菜炒めが出来れば自信が付き、少しずつやる気が出て楽しくなる。

一年で一番忙しい十二月は気分が落ち着かない。主人は年末年始、仕事が忙しく休みがないので、毎年、正月はお餅を一人でゆっくりとついている。

テーブルの上に板を置いて粉をふって、ついた餅を移して右手で伸ばし、ヘラで適当な大きさに切り、丸め、右手で形を整える。形はバラバラだが、味は変わらないので我慢。お餅を作る時間はかかるが、家でつくお餅は美味しい。つき終わったら、動かない手足をさすりながら手に感謝した。

自動車教習所に通う

脳出血で倒れて以来、週三回、温水プールのあるデイサービスセンター黒瀬コスモス園でリハビリをしている。コスモス園の職員さんや介護士の皆さんはとても明るく、朗らかで、まるで吉本新喜劇を見に来ている様にいつも笑いが絶えない。こんな愉快な施設を利用して良かった。いつも職員さんから元気をもらっている。そのうえ、園の周りは緑に囲まれていて環境もよく、春になるとピンク色の山つつじや、桜の花が咲き、庭一面に西洋たんぽぽがたくさん咲いている。とても心がなごみ、癒される。

温水プールの中での歩行訓練は、手すりを持って歩いている。普段は装具を付けて歩いているが、プールの中では装具もなく楽に歩ける。

ＭＲＩの検査に病院へ行った時、院長先生が、「車に乗ってもいいよ。」と言ってくれた。嬉しくて夢のようだったが、麻痺があるので少し自信がない。片手で運転している人を見た事があるので、元気な時を思い出し、運転してみようと思った。コスモス園の職員さんも車の運転を応援してくれてとても勇気をもらい、さっそく自動車教習所に通った。教習所の先生は障害者にも分かりやすく、親切丁寧に教えてくれた。車に乗ってエンジンを掛けようとしたが、掛け方を忘れていて戸惑った。ハンドルを片手で持って運転する時も、コースを走る時も、蛇行運転で何回も教官をひやひやさせた。教官がハンドルに器具を付けてくれたお蔭で運転が楽になった。特にカーブは楽に回れ、Ｓ字とクランクは一回で出来た。汗びっしょりだが感激した。路上を四時間走り、二か月と十三時間の講習を受けて、免許センターに行き許可をもらった。

病院の先生に報告すると「皆のお手本になるように気を付けて運転するように！」と言われた。

運転の経緯を中国新聞の広場の欄に投稿したら採用され、それを見た福山の友人や母が利用している施設のリハビリの先生から電話があり、是非会って話を聞かせてほしいと言われ施設を訪ねた。色んな人から沢山褒めて頂き大変嬉しかった。

冬の寒さや曇りや雨の日などは体調が悪く、特に麻痺側の手足は重く動かしにくいので、自動車を運転しようと言う気持ちには中々なれない。しかし、冬は寒い、夏は暑いと不平不満を言っているが、考えてみると一年中体調が良いという事があまりないので無理をせずに体調のいい時に乗ってみようと思っている。

気分がすぐれない時は、気分転換に普段出来ない事をしている。テーブルの上にアイロン台を置いてハンカチや小物のアイロンがけをしたり、ボタンやスナップを付けたりミシンでズボンの裾上げをしたりする。縫い目はバラバラで時間がかかるけど、出来た事が何よりも嬉しい。アイロンで裾上げの出来る便利な物もある。

絶対に諦めない

西リハにいる時、先生に「麻痺した手足は一生動かないのか。」と尋ねた時、「古いタンスの引き出しにしまった物はもう使えないから、新しい引き出しから出したらいい。」と教えてくれた。

聞いただけで頭が痛くなり、意味が理解できなかったが、その言葉は頭の隅に残っていた。娘から「脳にはまだ使われていない神経が沢山ある。もし、その神経が繋がったら手足が動く可能性がある。」と聞いた事がある。先生は、そういう事を言われたのではないだろうか。私はその言葉をいつも励みに思い、あきらめないでコツコツとリハビリを頑張っている。

平成二十四年一月に、突然麻痺した左足の付け根から踵まで丸太の棒が入ったかの様に重たくなり、力強く歩けるようになった。軽く足が前に出るようになった。

二月には、左手も肩から手首まで同じ状態になり、肩が自由に動くようになった。コスモス園の介護士に話すと、「神経が繋がったのかもね。」と言ってくれた。

西リハに装具の点検に行った時、先生から「磁気治療を受けてみなさい。」と言われ、予約して帰った。磁気治療はテレビで見て関心はあったが、自分が受けられるとは思っていなかった。どうやら磁気で手の指が動くようになる可能性があるらしい。夢のようだ。好きなお茶づけも食べたいし、色々と夢が膨らむ。

「ダメだと諦めたら目標がなくなるので、何年経っても絶対に諦めない。必ず良くなる。」と心に言い聞かせ、病院からの連絡を待った。


以前こんなことがあった。

当時利用していた施設のK先生から「もうこれ以上は良くならない。現状維持するだけ。」と冷たく言われた事があった。分かってはいるが、言ってほしくない言葉だ。現状維持するだけでも難しく大変なのに、グサッと心に突き刺さった。医師からは、もう少しやる気になる言葉がほしかった。

そんなある日、久しぶりに孫たちが来た。可愛い孫の顔を見ると辛さも忘れ童心に帰り一緒になって遊んで活力をもらった。久しぶりに、おはぎを作りギョーザも作った。おはぎのあんこは市販のものを買って、お茶碗にラップを敷き下にあんこを入れて、綺麗に整えてその上につぶしたご飯を置いて又あんこを置く。ラップを綺麗に右手で握り、おはぎを左手の手の平で整えお皿に並べた。見た目も美味しそう。

ギョーザの皮は小皿の上や、左手の手の平に置いて具を入れ、周りに水を付けて親指と人差し指でひだを作りながら包む。左手が難しかったが使う事が出来た。一時間半で二百個作ったが、大好評ですぐに食べてしまった。二百個も作るのが大変だと思ったら、百円均一のお店にギョーザが簡単に出来る器具があるので利用してもよい。

主人が料理を作らないので、今ではどんな料理でも出来るようになった。最初は、何も手伝ってくれない主人にイライラして不満もあったが、もし主人が料理を作ってくれていたら、やる気も起きなかったし、ここまで回復していなかったと思う。そう思うと主人に感謝が出来た。

麻痺した左手も、忘れないで少しでも使う事が大切だと思う。

台所に立って料理を作る時、まな板の上で魚のうろこを取る時は、フキンの上から魚が動かないように左手で押さえて取る。手を切らないように気を付けつつ難しい時は右手を添えて左手を助けながら使っている。

イメージを喚起し、脳を活性化

新しい事を始めると、考える事で脳を刺激するのか、頭が痛くなる。血管が切れてからは、いつも頭にモヤがかかっているようで、すっきりしない状態が毎日続いている。しかし、頭の痛みのおかげで、少しずつ冴えて来ている。

動かない手足を動かすためには、脳に忘れている記憶を呼び戻す必要があり、その為には、強くイメージし体で覚える事が大切である。

プールの中での歩行は、足の踵からつま先まで力を入れるイメージで膝と足首の屈伸運動のリハビリをする。家でも同じように椅子を持って休み休み行う。家の中で右手を支える物があれば何でも有効に使う。足に力もつくし、良いストレッチ運動になる。左足の指先まで力が入る。平行棒を持ってフラダンスをするように、腰を左右にゆっくりと動かす。このリハビリはとても難しかったが、左側に体重を乗せて歩く事が出来るようになった。

そして、ある日突然、左足の土踏まずに力が入り片足で立てるようになった。

磁気治療の効果

西リハから連絡があり、磁気治療を受ける為、主人と一緒に行った。案内された一階の奥の個室は、明るくてとても気に入った。五時半頃に昇る朝日はすごく綺麗で絶景だ。二週間も雨が降らなければ最高の朝日に出会える。

磁気治療は副作用がないらしく安心だ。磁気が済むと作業療法士が一時間、手首のリハビリをしてくれる。特に指先に集中する。それから、自主トレーニングを一時間行う。午前と午後の二回、二時間のトレーニングはとても疲れる。誰もいない部屋で一人でのトレーニングは根気がいるし、強い意志で取り組まなければ挫折しそうだ。

隣室との間は半透明な衝立で仕切られているので、隣の人が何をしているのか分かる。隣では、二十代くらいの男性がトレーニングをしていた。その男性は十分くらいすると、出たり入ったり、立ったり座ったりの回数が多い。辛いのだろうか。とうとう自分の部屋に戻り、自主トレはしなかった。

四時にリハビリが終わって部屋に帰りしばらく休む。二週間このスケジュールを繰り返す。やる気がないと持続出来ない。

入院三日目、身体に変化があった。麻痺側の腕が軽くなり、指先も柔らかくなった。ベッドでペットボトルを持って肩と肘を伸ばしたり引いたりして口元に持ってくる。自主トレーニングも腕や手先を使うのが楽になった。

磁気治療を終え、家へ帰ってから、左手も使って家事をする事が多くなった。鬱状態も次第になくなってきた。


週一回デイケアに行ってリハビリの先生の指導を受けている。歩き方の基本は横歩き、後ろ歩きで、横歩きは麻痺側の腰に体重をかけて移動する。繰り返し練習する。難しいけど、身体が覚えたら感覚が分かってくる。麻痺した手足は重たくて動かしにくいが、不思議と軽く感じる。一年前と比較すると少しずつ回復しているようだ。

ケアマネージャーと相談しながら、一年一年目標を立てて少しでも達成出来るように体調に合わせて頑張っている。一年目の目標は、杖をついて近くのスーパーに買い物に行く事だ。

その為に床に落ちた物を拾う訓練をしている。流し台の横に立ってお箸や野菜の切りかす等色々な物をわざと落として拾う。転倒しないように物を持ち、腰を低くして取ることが出来るようになった。

春の暖かい日に友だちと一緒に鞄を斜めに掛けて、四年ぶりに外出をした。久しぶりに歩きながら周りの風景を見ると嬉しさに「生きていてよかった。」としみじみ思い涙が込み上げてきた。

スーパーの店内に入り商品を見て回り好きな物を買い、二人でお茶を飲んだ。目の保養にもなり、歩行が出来た事が嬉しかった。

普段なら三十分掛かるところ往復一時間掛かったが、杖をついて歩行出来た事がすごく自信に繋がった。今度は、一人で行ってみようと思った。

周囲のサポートに感謝

コスモス園では横歩き、後ろ歩きを続けているが、初めのころに比べると足の運びが楽になり麻痺側の腰に体重を掛けて力強く歩けるようになった。麻痺側の腰に全体重を掛けて横歩きを重点にした。コスモス園の看護師の有本さん、木村さんが、左に体重が乗っていないと、「腰にのっていないよ。」とどこからともなく大きな声をかけてくる。

有本看護師は足首を持って足の出す位置の指導を、木村看護師は肩の位置、下腹への力の入れ具合等を何度も指導する。共にスパルタだが、根はとても良い人たちだ。お蔭で背筋を伸ばし、綺麗に歩く事が出来るようになり、大変感謝している。コスモス園のスタッフの皆さんが応援して下さり、頑張る事が出来た。


手や肩の筋肉は、一週間動かさないと固まってしまうのか、動かす時とても痛くてなかなか動かない。諦めずに持続していると、肩や肩甲骨の筋肉も少しずつ柔らかくなり軽く動くようになった。腕を伸ばして、身近にあるものを引き寄せる事が出来るようになった。でも、手首から指先はまだ動かない。

コスモス園のレクリエーションでは、介護士が色々と工夫してストレッチ運動をする。刺激が強くて頭が疲れるが、変化があるので積極的に参加している。

痛みは感覚が戻るサイン

脳出血から五年、麻痺側の腕が上、横、前と少し動くようになった。腕を上げようと思うと力まなくてもサッと軽く上がるようになった。磁気治療で腕が軽くなったので、イメージをして右手を添えながら毎日肘を動かした。指先の力を抜く訓練をするのが難しい。

リハビリの先生から「両手の平に薔薇の花を優しく包み込むイメージを持ってしなさい。」との指導があり、そっと、両手の力を抜いてみると、全身の力が抜け、開かなかった指一本一本の力が抜けるようになった。指の関節は固まっていたが、関節を揉んで刺激を与えるとスムーズに力が抜けた。

デイケアでは椅子に座って足踏みをしている。右手で助けないと重たくて簡単には上がらない。大腿骨、膝、踵が動くイメージを追って足を持ち上げているが疲れる。脳の刺激が強いのか、又頭が痛い。

朝から頭痛が酷く、こめかみの奥も痛くて一日中床に伏せていた。翌朝、痛みも無く目覚めたが、不思議な事に足の裏の土踏まずに少し感覚が戻っていた。しっかりと足の裏で床を踏んでいるのが分かる。左手も肩、肘と動くようになった。嬉しい。

感覚が戻る時は、関節痛、頭痛があり身体の節々に痛みがある。同じ動作を繰り返したり、イメージを強く持ったりした時等はすごく疲れる。

腰から足の裏まで力が入り、感覚が少し戻った。筋肉を付ける為に色々と工夫してリハビリをしている。左手も肩、肘までは軽くなり、両手を上、横、前と動かせるようになった。指の動きは難しく、自分なりに肩から指先の力を抜く訓練をしてきた。

左肩が下がりいつも気になっていたので、バランスを意識しながら歩くのだが、難しい。足の裏の感覚を取り戻すためにスポンジたわしや、大、中、小のボール等、刺激のある物で足の裏を刺激した。特に麻痺側の足の指の間に手の指を入れて握り、刺激を与えた指を外側に曲げると刺激を与えた痛みがあるが頭に響く。

転倒に気を付けながら、椅子を持って片足で、足の裏に意識を集中しながら屈伸運動をした。左手足の運動をするたびに頭痛があるが、麻痺側の足の大腿骨の内側、外側とお尻から足の踵、土ふまずに力が付いて足の重みが分かるようになってきた。

さらなる試練―乳癌の手術

ある日、胸にしこりがあるのに気が付き病院に行った。局部麻酔をして細胞診の検査をした。悪性の乳癌だった。リンパに八か所転移してステージ3、ショックで先生の説明が頭に入らない。「手術はしたくない。」と言ったら、先生は一言「死んでしまうよ。」と言われ、精神的なショックで眠れない日が続いた。

長女と次女に癌の事を話したら「すべて先生に任せておけば良い。自分ではどうにもならないのでくよくよ考えないようにして、只々、長生きする事だけを考えて。」と言ってくれた。その言葉で嫌な事や不安が少しなくなり、前向きに考える事が出来た。

次の診察日に主人と一緒に治療の説明を聞いた。先生は、高額な新薬だが副作用が無い化学治療を勧めてくれた。「先生に任せよう。」と思った。

三週間に一回、外来で点滴を受けながら治療を始めた。有難い事に本当に副作用が無く普通の生活が出来る。最近は目覚ましく医療が発達しているのにビックリした。

癌摘出の手術の日も決まり、二人の子供を育てるためにお世話になったお乳に「有難うね。」と一言。

翌朝、準備をして病院に行った。術前の診察と説明を受け病室に入った。

二日後、手術室に入った。目の前の大きなライトにビックリした。麻酔の点滴をしながら緊張をほぐすため先生と少し雑談をしていたら眠くなり、気が付いたら病室に戻っていた。

すぐに先生の回診があり、「綺麗に取れたよ。綺麗に縫ったからね。」と耳元で言われた。術後の痛みも麻痺側の乳部なので痛みを感じない。リンパも取ったのでリンパ液が溜まり管も取れない。

退院の朝、抜糸とリンパの管が取れた。縫った後の傷は、怖さとショックでとても見られない。傷跡を見る事が出来たのは一か月以上経ってからだった。先生が言っていた通り綺麗だった。恥ずかしくない。

退院一週間目に病理検査の結果を聞きに行った。診察室に入るまではとても不安だ。

先生に呼ばれて検査の結果を聞くとリンパに八個転移していた癌も、しこりも、血管の中の癌も、リンパ管の中の癌も全部消えていた。すごく嬉しく先生に感謝した。今は、くよくよしないで前向きに明るく楽しく生活している。

イメージトレーニング

足の感覚も少しずつ戻っている。頑張りすぎはいけないが、リハビリも適度に頑張っている。

特に、頭に刺激を与えると感覚が戻るように思う。感覚が戻るまでは、頭痛が酷く、麻痺した手足の関節や足の裏の踵や土踏まず、指先に痛みが強い。背中が痛くて横になっている日もあったが、翌朝には腰、土踏まずに感覚が戻っていた。腰と足首に力が入って片足立ちが出来るようになり、ゆっくりと屈伸運動もできた。

西リハから三回目の磁気治療の連絡がありスト院した。二度受けているので要領は分かっていた。

一回目は肩、肘が軽くなったのでベッドの上でペットボトルを両手に持って口元に持っていく訓練を自主的にした。二回目の時はイメージが出来るようになり、トレーニングも二週間で出来るようになった。先生に何処の部分にイメージを持ったらいいのか詳しく聞いた。退院し、イメージの自主トレーニングに集中した。

リハビリの時に全身に余分な力が入り変な癖がつくので、特に全身の力を抜く訓練をして、歩いている人の足の運びを見て覚えた。股関節から足を出し健足の動作をイメージしながら同じ動作を何度も繰り返し左側の足を動かした。

すると、腰から足の指先、特に足の裏にしびれがきれた時の様にジンジンして痛みが出る。左足鼠蹊部の内側、外側、臀部からそれぞれ足の裏に何回も同じ痛みがあり、少しずつ力が付いている。左手の肩から指先まで神経痛の様に痛みがある。

手足のリハビリをした時は良く眠れるけれど、夜中に目が覚めたら頭と足の裏が痛くて眠れない。今まで痛みを感じなかったはずなのにどうしてなのか分からないが、痛みと共に麻痺が回復しているようだ。股関節からスムーズに足が出るようになった。

手首の動きは西リハで教えて頂いたリハビリを思い出しながら、サランラップの芯を左手に持って手首を上下に動かす訓練をした。

夕食に豆ご飯を炊こうと思い、そら豆を親指と人差し指の間に挟んで右手で割って豆を出し、左手の親指と人差し指で持ってボールに入れたが、二個しか持てず難しいので右手を添えた。炊きあがった豆ご飯は、大きな豆で美味しかった。

春はじゃが芋が美味しいので、コロッケが最高。時間を掛けてコロッケを作った。小さなじゃが芋を皮ごと茹でた後で剥けば皮が綺麗に取れる。左手の指で鍋が動かないように取手を押さえながら、引いてから潰し、塩コショウをふる。玉ねぎを半分にして切り込みを入れ、みじん切りにする。大きさはバラバラだけど気にしない。ひき肉と一緒にフライパンで炒め、塩コショウをふる。冷めてから潰したじゃが芋の中に混ぜ、適当に右手で丸め小麦粉、卵、パン粉の順につけて適当に丸める。フライパンに油を多めに入れて、裏表に焦げ目がついたら出来上がり。全て片手で作るので形は綺麗ではないが、味は美味しかった。

次第に回復を実感

三回目の磁気治療を受ける為に入院した。入院一か月前にＭＲＩの検査を受けた際、なぜだか分からないが耳がよく聞こえるようになった。ＭＲＩも強い磁気だと思うので、そのお蔭かもしれない。

磁気治療の時、脳出血をした場所にイメージを強く持ち、磁気を打つと同時に麻痺側の手首と指をマッサージした。

夜、中々寝付けず安定剤を飲んだ。足も痛い。朝はすっきりして足に力が付いている。手のリハビリの時、足も痛いけど、踏ん張ると少し楽になる。

退院し、自宅にて西リハで教えて頂いた事を思い出しながらリハビリを頑張っている。夕食に、自信が無いけれど巻き寿司を作ってみた。人参、ごぼう、卵焼き、ほうれん草を酢飯の真ん中に入れて巻いた。真ん中は綺麗に巻けたが左右の端は具が浮いて形が悪かった。十本巻いた。片手で巻き寿司が出来た事が、何よりも嬉しかった。

娘と近くのスーパーに買い物に行った時、装具を付けているのに足の裏が痛くて歩けなくなった。暫くその場に立ち止まっていた。その日から度々痛みがある。麻痺で歩けない時は装具を付けた方が安定して不安が無いが、回復して来ると違和感があり、足首が痛くて歩きにくい。お尻の少し下から踵に強い痛みがあり、伸びなかった膝関節が伸びるようになった気がする。足も前に出しやすくなった。

先生から許可が出たので装具を外して平行棒の中と室内だけを歩いている。靴を履いて歩行訓練を始めた。九年間も装具を付けて歩いていたので、足が浮いたようにふわふわして歩きにくい。イメージしながら身体で覚え何度も繰り返した。

頭も痛い、体中が痛い。姿勢を正しく、肩、下腹、お尻に意識を集中して足を前に出しているが、左足が何度も内側に曲がる。踵から小指側指先の付け根に体重移動しながら意識を集中し、一歩一歩足首を真っ直ぐ出した。足の裏がとても痛くて辛い。でも、股関節、膝関節にしっかりと体重が乗っているのが分かる。回復しているのを感じる。有難い。痛みに感謝した。何度も繰り返し痛みが来る度に回復している気がする。

先日、身障者の日帰り研修に参加した。バスで三時間、車中から見る外の景色がとても綺麗だったが、すごく目が疲れた。施設の見学で一時間前後歩いた。初めて長時間歩いた。

自宅に帰ると、左の耳が痛くなって横になった。左は麻痺して痛みを感じた事が無いのにチクチクと中耳炎みたいに一晩中痛くて、熟睡できなかった。翌日、今度は延髄、頸椎、耳下部、後頭部、背中全体が痛いが、肩、肘が軽くなった。肘を伸ばして後ろに引く動作が軽くなった。側頭部、特に右側のこめかみや目の奥の方が痛い。

装具を外して靴を履いて歩く時、意識するところが多くて難しい。

プールの中では、握り棒を持って麻痺側の股関節と腰を内側、外側に意識して回してみた。水の浮力で軽く回るのでこのリハビリに集中した。足首が内側にあまり向かなくなった。歩く時に股関節、お尻を意識すると自然に足が前に出る。この歩行のリハビリのお蔭で足が股からスムーズに軽く出るようになった。

主人が朝市で渋柿を十個買ってきたのにビックリした。何を思っているのか分からない。渋柿をどうして食べたらいいのだろう。柿をテーブルの上に置いて暫く考え、干し柿を作ってみようと思った。

片手で柿の皮を剥いた事が無いけど、柿のへたを上にして、ナイフで上から下に皮を剥いたら綺麗に剥けた。一個一個荷造り紐に結び目を作って、片手で柿を持って紐に通して、三個結び目を作り落ちないように結んで干した。干し柿は、お正月にみんなで一緒に食べた。

痛みは回復への証し

デイサービスの看護師さんに、麻痺側の足首から足の裏を手で押さえて痛いところをマッサージして脳に刺激を与えてもらった。目から火が出る程痛かった。ベッドに横になった時、右側の側等部、後頭部、肩、背中が痛い。左側の股関節から踵に向けて強い痛みが続いた。

翌日、股関節の付け根の麻痺が回復していた。足を出すのがとても軽く、更にスムーズに出るようになった。そうなると今度は装具を付けて歩く方が歩き辛い。右側の耳が痛くなった。左の指先まで痛い。後頭部、左側の首の付け根、頸椎、肩から指先まで痛みが続いている。痛みがあるということは、少しずつ回復しているということ。

足首が上下に動かない。健側の足と一緒にイメージをするけど親指は動くが小指側の三本は動かない。足首の上下運動が出来ないと靴を履いても何度もつまずく。看護師さんに足首を支えてもらって股関節の方向に押して、くるぶしの周りと足の裏表の踵から小指までをマッサージしたら痛い。刺激が強かった。

腰の外側から踵、小指の先まで、回復して力強く歩く事が出来るようになった。室内は、杖をつかずに動いている。夢のようだ。元気になりたい一心で頑張ってきた。左手も足と同じように指先まで痛みが続いているので、回復する希望が見えている。

障害に感謝して生きる

病気を発症してから十年目、ようやく少しずつではあるが手足が動くようになってきた。どんなに辛い時でも過去を振り返らず、前向きに気持ちを切り替えて明るく振舞ってきた。麻痺した部分が少しずつ回復していく手応えを感じる事が出来たのが、そのモチベーションとなった。どんな時も明るい心、感謝の心が自然に湧いてくるので、いつも明るく振舞っていられ、辛いことも乗り越えられるのかもしれない。

それを教えてくれた半身麻痺という障害に感謝している。

近くのスーパーに買い物に行った。往復一時間は掛かるが、リハビリになるので行く回数が多くなり、歩く時間も一時間掛っていたのが、二十分も早く歩けるようになっていた。歩き過ぎて足の裏が痛くて夜に何度も目が覚める。

歩く事で普段リハビリしていたことがイメージ通りに出来る。お尻から足の裏に力が付いて膝が伸び、自然に股関節から足が前に出るようになった。足首から指先まで痛みも強い。踵から小指までの麻痺が回復している。

左手も右手を同じ動作を頭にイメージして、手首を持って動かすが、足の裏が痛い。イメージをするので頭が疲れて痛むし、睡眠も浅い。この状態が三日間続いた。痛みがあるが、肩が回り、肘の関節も伸びて前に出るようになった。手の指先まで痛くて、手首から手の関節を揉みながら刺激を与える。やはり、足の裏が痛い。脳に刺激を与えながらイメージ通り手足を動かす。

病院の先生が「足が動くようになったら手も動くようになるよ。手と足は連動しているからね。」と言われたのが励みになり、手のリハビリに集中してみようと思った。足と手と同時に集中することはとても出来ない。まずは歩けるようになりたかった。

数回転倒をしたが、主人がいない時は立ち上がりが出来そうな場所を探して、床を這ってリビングへ行き、落ち着いて病院で習った事を思い出し、膝をつき左足を立てて足の裏に集中して力を入れてソファーに座った。出来た時は嬉しかったし自信がついた。

靴を履いて歩く事が一番難しい。足首の上下運動が出来ないと指先までの感覚が分からない。イメージを持って歩行訓練をした。すると翌日、お尻の下から足の裏に引きつったような強い痛みがしばらく続いた。

施設でのレクリエーションの時に欠伸が続けて何回も出た。突然睡魔に襲われテーブルに二、三分臥せていた。初めての事で頭が変になりそうだった。この日は装具を外して歩行訓練の時、麻痺側の足首がぶらぶらして歩けなかった。どうしたのか分からないが、おかしいと思いリハビリを止めた。

早めに床に就いたが、お尻から足の裏まで痛くて熟睡できなかった。回復する時は続けて欠伸が出たり睡魔に襲われたりする。

翌日、歯科の帰り二軒のスーパーに寄って買い物をした。歩く時、足の裏に驚く程力が付いている。

また左足外側の股関節から足の裏全体に強い痛みが続いた。頭の左側も痛い。左足首が動き出したが、頭も、足の裏も引き続き突き刺すような痛みでとても辛い。

取り戻した〝感覚〟

麻痺は痛みを感じない。特に私は視床出血なので、感覚が無く痛みはほとんど感じない筈なのに、痛みに対してすごく敏感になっている。

痛みが分かり、回復していることを感じる。記憶力が戻り、頭もスッキリとさわやかになった。

痛みで回復するのだったら、以前と同じように頭に色々な動作をイメージしながら、頭や足の裏に刺激を与えたら、手も回復して来ると思う。右手と同じ様に肘を折り曲げて、後ろに引く動作を何回も繰り返し動かすと足の裏が痛くなり、股関節にも力が付いて立ち上がった時にしっかりと体重が乗っている。

夜になると頭が痛くて目が覚める。股関節から足の裏と踵、麻痺のひどい小指の先まで痛みが強い。肩、肘は回復して動くようになった。手首は横になって上下運動が出来るようになった。根を詰めてすると頭全体が痛い。お尻の下、足の付け根が一晩中痛かった。お尻の下から踵まで足の感覚が戻り、力強く歩けるようになった。

装具を外して歩くことが多くなった。夜中に目が覚めると踵の痛みと頭痛で眠れない。この状態が何日も続き、その度に麻痺が回復している。

手の感覚も少しずつ戻っている。肩は自由に動くようになった。肘は腕を上に、横に、前に真っ直ぐに動き関節も伸びてきた。手を動かす度に足の裏が痛いが麻痺が回復している。

左の延髄、頸椎、頭、こめかみの痛みが強い。左の目が霞んでいたのがはっきりと見えるようになりとてもさわやかになり、感激した。

左側の頭の感覚も戻った。今まで洗髪の時、かゆみも分からないし洗っている感覚もなかったが、十年ぶりに触った感覚やかゆみが分かるようになった。

この感覚を取り戻すのに十年も掛かった。リハビリは本当に辛く苦しいものだったが諦めないでよかった。何事にも前向きに捉えて、くよくよしないで明るく笑顔で、一切に感謝して生活してきて良かった。

装具に頼らぬ日常生活

突然、脳出血で倒れて片麻痺の障害が残ったが、「麻痺の回復は絶対不可能。」「装具は墓場まで持っていく。」と言われてきた。

麻痺になった者でないと分からない苦しさや辛さも沢山あったが、装具が取れた時の感謝、感激、感動を忘れる事は出来ない。

手の麻痺は、肩から指先までぶらぶらの状態で脱力感が酷い。動かす度に足と同じように腰から足の裏全体が痛くて、頭痛がする。

リハビリを続けていると、肩が重くなり肩甲骨に力が付き軽くなって動かしやすくなった。肘も手首も重く右手で手首を持って動かす度に、指先や足の裏が一日中痛い。足も回復している。手も足も同じように力が付いているのがよく分かる。リハビリする時は、イメージをするために集中するので頭痛も酷い。

しかし、痛みがあっても回復しているので有難く思い感謝している。横になって両肘に力を入れて起き上がる動作が出来た。麻痺側の腹痛、胃の痛みが頻繁にある。足の裏が痛いので感覚が戻っている。

背中、後頭部、頸椎の周りが痛い。呼吸が楽になっている。室内では装具を外して杖をつかず普通に歩いている。

庭の芝生に草が伸びて気になって仕方が無いので取ろうと思ったが、念のため装具を付けて芝生に杖をついて立った。芝生の上はふわふわして風船の上を歩いている感覚で、歩きにくく転倒しそうで歩けなった。装具を付けて歩く事の方が難しくなっているとは思わなかった。

一日中、麻痺の左側の頭から足の指先まで痛く、特に左顔面とこめかみの痛みが強いので床に伏せていた。

翌日、顔面の感覚が戻っていた。また、左の頭もスッキリしてとてもさわやかで感謝感激。頭も回復している。

歩行も靴を履いて足首を真っ直ぐに出した時、足の指の付け根に集中して健足と同じようにイメージして感覚が戻った。足の指先に力が戻ったので歩くのが楽になった。手も肩から手首まで感覚が戻っている。手首を持って肩や肘を動かしながら感覚を取り戻した。左側の頭から足先まで痛いので、休みながら頑張った。色々な動作を身体に教えながら感覚を取り戻した。

身体も覚えていたので、数回動く動作を繰り返したら自然と動くようになった。

病気の発症前のように手足が動くわけではないが、今は、装具に頼らず日常生活が送れるようになった。これからも益々、回復していくだろうと思う。

おわりに―同じ病気で苦しむ人たちへ

病気発症以来、これまで痛みと戦い、辛さと苦しみの連続だったけれど、痛みは回復の兆しと思い、苦しみに負ける事は挫折につながると自分を励まし、物事を悪く捉えず、前向きに、朗らかに、只、ひたすら生かされている事に感謝をして生きてきた。

どこかに神様がいらっしゃり、私の頑張りを見てここまでの回復を許して下さったのではないかと思う程の回復であった。

〝禍福は糾える縄の如し〟という諺がある通り、今は幸せである。この病気になったからこそ、様々な事に感謝し、人生の波と節を乗り越え、幸せを感じられるようになった。

全ての事に感謝したい。

そして同じ病気で苦しむ人たちに、少しでも希望を持って頂きたいと心より祈り、願いながらこの手記を終えたい。

最後に、慣れないパソコンを片手だけで操作し、思考が滞ることもあり、拙い文章になりました事をお詫びし、手記を勧めて下さいました先生を始め、関わって下さいました全ての方々に感謝致します。

有難うございました。

中村絹子（なかむら きぬこ）

昭和 25 年、山口県玖珂郡美和町生まれ。
広島県安芸郡熊野町在住。

再び蘇った手足よ、ありがとう

2018 年 9 月 25 日　第 1 刷発行

著　者　中村絹子
発行人　大杉　剛
発行所　株式会社 風詠社
〒 553-0001　大阪市福島区海老江 5-2-2
大拓ビル 5 -7 階
TEL 06（6136）8657　http://fueisha.com/
発売元　株式会社 星雲社
〒 112-0005 東京都文京区水道 1-3-30
TEL 03（3868）3275
印刷・製本　シナノ印刷株式会社

ISBN978-4-434-25177-1 C0095